JULIE LABERGÈRE

EST-CE L'IDÉE D'UN RECUEIL ?

Note de l'auteure

Bonjour à tous. Pour restituer le contexte, nous sommes en avril 2020, en plein confinement. Et c'est grâce à ce confinement que ce livre voit le jour. Les textes que vous allez découvrir ont été écrit entre 2008 et 2019. Ils ont été un exutoire durant toutes ces années.

Le temps libre dont je dispose actuellement m'a donné envie de me repencher dessus, et de partager avec vous le résultat. J'espère que vous prendrez autant de plaisir à lire que j'en ai pris à écrire.

Si vous souhaitez me faire part de vos remarques, une adresse mail a été créée dans ce but : livresjulielab@gmail.com

À Martine, Manue, Marine, Victoria et Cyril,
À Ju, Pitou, Yann et Karen,
À ceux qui m'ont inspirée, soutenue et aidée,
À mes élèves,
À vous lecteurs,

Merci et bonne lecture.

Julie Labergère

SOMMAIRE

Pièces adultes **9**
    Visions contraires   9
    Nous   15
    Quand je serai grande, je serai une princesse   25
    Mariages   29
    Ménage à 3   35
    Les contes de fées n'existent pas   49

Pièces enfants **65**
    La princesse et ses prétendants   65
    Mais où est le Pollen ?   71

Nouvelles / Portraits / Lettres **83**
    Incident voyageur   83
    Rêve et réalité   87
    Le chant d'une sirène   91
    Mamans   95
    Portrait de Maria   99
    Portrait d'Anne   103
    Lettre à un inconnu   107
    À toi   111
    J'ai aimé   115

Pièce adulte

Visions

contraires

Scène I

Deux femmes discutent au petit déjeuner

La première — Alors quoi de prévu aujourd'hui ?

La seconde — Tu sais comme d'habitude, je viens de me lever et de préparer le petit déjeuner. Je vais aller réveiller les enfants, les faire manger, les préparer, les emmener à l'école, …

La première — Ne prends pas cet air blasé. Tu ne travailles pas. Tu es mère au foyer, tu as le temps de faire tout ça. Je ne sais pas à quoi te servent tes études de droit. Comme aurait dit Rousseau : « Donner du savoir aux femmes, c'est donner de la nourriture à un cochon. »

La seconde — Parce que toi en tant que femme, tu trouves ça acceptable ? Parce que je suis mère au foyer, je n'ai pas le droit de me cultiver ?

La première — Je n'ai pas dit ça. Je dis juste que ça ne sert à rien.

La seconde — La culture ? La culture ne sert à rien ? Mais tu as raison. Je pense d'ailleurs que je ne devrais pas me cultiver ni m'instruire. On devrait même m'ôter le droit de vote, non ? D'ailleurs je ne travaille pas, comme tu l'as si bien fait remarquer, pourquoi avoir un compte bancaire à mon nom ? Ou alors je fais comme toi ? Je trime comme une folle, je laisse mes enfants à droite, à gauche, pour travailler toujours plus ! En gagnant 30% de moins qu'un homme, cela va sans dire.

La première — Evidemment que je gagne moins qu'un homme. Je suis moins performante une semaine par mois. Tu sais comme les règles peuvent être douloureuses. En plus on est toutes des pipelettes, on passe notre temps à discuter. Je suis moins productive qu'un homme, c'est un fait.

LA SECONDE — Non mais tu t'entends ? Olympe de Gouges n'a qu'à bien se tenir.

LA PREMIÈRE — Olympe de … ?

LA SECONDE — De Gouges, femme de lettre engagée et libre. Elle s'est, entre autres, battue pour la liberté sexuelle et le droit de divorcer, en tant que femme.

LA PREMIÈRE — Mais c'était une autre époque. En plus depuis que Simone Veil a fait légaliser l'IVG en 74, les femmes sont libres sexuellement. Ça apporte quoi exactement ? Une bande de petites dévergondées qui tombent enceintes à tour de bras et se font avorter. Belle image de la femme.

LA SECONDE — Bien sûr, évidement aucun homme n'est dévergondé, ils ne tombent jamais enceintes. Ils sont parfaits ces messieurs. Dans les classiques, intéresse-toi à Molière, Don Juan et les Femmes Savantes, deux magnifiques portraits de la nature humaine.

LA PREMIÈRE — Tu nous étales ta science de révoltée féministe, mais moi aussi je me cultive. Les Fables de La Fontaine ne sont pas que pour les enfants. Tu connais *les femmes et le secret* ? Toutes des commères sans loyauté. Voyons, il y a bien une raison si aucune femme n'a la capacité de gérer une entreprise du CAC 40.

LA SECONDE — Et Simone Veil, Annie Ernaux, Marguerite Duras ? Elles ne sont pas à la tête d'entreprise, mais ce sont des femmes de Lettre, intelligentes et qui font bouger des choses.

LA PREMIÈRE — Jamais lu. Tu sais que je n'aime pas les histoires à mélodramaticoromantique. Mais je sais que c'est ce que tu préfères. Je te conseille le film Potiche, tu vas adorer.

Scène I

La seconde — En effet, Catherine Deneuve joue magnifiquement la fausse gourde. Tu sais quoi je pense qu'il vaut mieux, comme elle, être une femme au foyer qui l'a choisi, et être capable si la situation le demande, de travailler, d'être même patronne. Qu'être une femme ambitieuse qui se sent obligée de faire mieux qu'un homme pour avoir une once de respect. Nos amis hommes, me respectent bien plus que ton patron ne te respectera jamais. Parce que je suis capable de penser par moi-même.

La première — Mais moi, je suis libre financièrement, complètement autonome. Embrasse les enfants, moi je vais « trimer comme une folle » pour leur offrir un avenir.

Pièce adulte

Scène I

Problème de régie

Trois femmes entrent, l'une avec un Molière, la seconde avec une Victoire de la musique, et la dernière avec un tableau recouvert d'un tissu noir.

La première — Et le Molière du meilleur premier rôle féminin est décerné à : Priscillia Donné !

La seconde — La victoire de la musique de la voix féminine de l'année est décernée à : Olivia Hiver !

La troisième — Et nous sommes très heureuses d'accueillir parmi nos tableaux des plus grands peintres celui d'une jeune femme ne manquant pas de talent : Mademoiselle Lily Laplace.

La première — La régie ?

La seconde — Il y a un problème avec la gagnante.

La troisième — La personne n'est pas une des nominées.

Scène II

Retrouvailles

Deux jeunes femmes en robes de soirée sont assises autour d'une table. Une troisième entre.

Lily — Mais ce n'est pas possible ça ! Qui est l'idiot qui a mélangé les enveloppes de trois cérémonies ? C'est pas pensable une bêtise pareille !

Nous

Olivia — Lily ?

Elle rit

Arrête de hurler ça sert à rien ! Viens plutôt
avec nous parler du bon vieux temps.

Priscillia — C'est bizarre de se retrouver là toutes les trois !

Un temps. Lily reste sans voix en apercevant les deux jeunes femmes

Lily — Priscillia ! Olivia ! C'est vous les deux autres !
Eh ben ça alors !

Priscillia — Bah oui, toujours aussi stressée à ce que je vois.
Allez détends-toi !

Les trois anciennes amies essaient de renouer des liens

Olivia — Alors toi Priscillia que deviens-tu ?

Priscillia — Moi ? Je viens de terminer mon cinquième album
et je démarre une tournée en France dans deux mois. Et toi
Tu fais toujours du dessin ?

Olivia — Ma foi oui, je suis prof dans un lycée et en
parallèle je fais des expositions. Et depuis un an je bosse
sur un projet avec une photographe et un architecte. Et toi
Lily ? J'ai pas eu de nouvelles dernièrement.

Lily — Je suis désolée de ne pas avoir donné signe de vie.
Je viens de terminer une école de théâtre à Paris et je tente
de monter une troupe et par la même occasion une pièce
avec d'autres élèves du cours.

Olivia — C'est drôle, vous trouvez pas ?

Priscillia — De quoi ?

Olivia — Que chacune de nous trois réussisse dans sa passion.

Lily — C'est vrai, que c'est super, mais il faut reconnaitre qu'on a travaillé pour.

Scène III

Retour dans le temps

Priscillia arrive avec sa guitare, elle joue un morceau de sa composition.
Lorsqu'elle a fini, Lily entre et joue un monologue.
Pour finir Olivia rentre et présente quelques dessins.
Les trois jeunes filles sont habillées de manière cool.

Scène IV

Souvenir

Les trois jeunes femmes en robes de soirée sont assises autour d'une table (identique scène II)

Priscillia — Oui on a bossé pour ça, et on a commencé jeunes toutes les trois.

Lily — Oui, vous vous souvenez de notre année de théâtre ensemble ?

Olivia, *en riant* — Ah ça oui, il avait fallu te pousser pour que tu montes sur scène.

Priscillia, *prise d'un fou rire* — Je n'ai jamais été au courant de ça !

Olivia, *toujours en riant* — Oh ! Mais si, elle était morte de trouille.

Nous

Lily, *avec un air faussement outré* — Bon ça suffit ! En parlant du théâtre que devient Catherine ?

Priscillia — Elle va bien, elle donne toujours des cours de théâtre sur Ardentes. Elle joue demain soir. Elle a remis en scène Pâques en octobre.

Lily — J'avais adoré cette pièce ! Je vais retourner la voir, normalement je passe la semaine chez mes parents.

Olivia — Et Marilyne ? L'une d'entre vous a des nouvelles ?

Lily — La dernière fois que je l'ai vue elle s'en sortait pas mal. Elle a ouvert un magasin de fringues sur Châteauroux et ça marchait bien.

Priscillia — C'est étrange, trois filles d'Ardentes qui réussissent.

Olivia — Qui l'aurais cru ? Autant de talent dans ce petit trou perdu !

Les trois jeunes filles se mettent à rire, elles sont interrompues par une personne arrivant sur scène

La personne — Le problème est réglé vous pouvez y retourner.

Scène V

Récompenses

Trois femmes entrent, l'une avec un Molière, la seconde avec une Victoire de la musique, et la dernière avec un tableau recouvert d'un tissu noir.

La première — Et le Molière du meilleur premier rôle féminin est décerné à Lily Laplace.

Scène V

La seconde — La victoire de la musique de la voix féminine de l'année est décernée à Priscillia Donné.

La troisième — Et nous sommes très heureuses d'accueillir parmi nos tableaux des plus grands peintres celui d'une jeune femme ne manquant pas de talent : Mademoiselle Olivia Hiver.

Scène VI

On ne se quitte plus

Lily arrive avec trois cocktails. Les trois jeunes filles sont en tenues d'été sur des chaises longues.

Lily — Et voilà pour vous !

Elle distribue les verres

Priscillia — Ces cérémonies ont eu du bon finalement !

Olivia — Oh que oui ! Des excuses, et des vacances au bord de la mer ! Le bonheur !

Lily — Et on se retrouve toutes les trois à siroter des cocktails sur des chaises longues.

Priscillia — En parlant de nous trois, j'ai un truc à vous proposer : un spectacle avec des décors d'Olivia et nous deux sur scène. Et on pourrait ...

Scène VI

La morale

Lily — Nous ne serons peut-être jamais célèbres.

Nous

PRISCILLIA — Nous nous perdrons surement de vue.

OLIVIA — Mais laissez-nous croire en nos rêves.

LILY — Notre seul moyen d'avancer.

PRISCILLIA — Nos passions.

OLIVIA — Nos vies !

Pièce adulte

Scène I

Maman, quand je serai grande

Une petite fille en robe de princesse qui tourne, entre sur scène, une poupée à la main.

Ludivine — Maman, est-ce que je suis belle ?

Voix off Maman — Bien sûr ma chérie. Pourquoi demandes-tu cela ?

Ludivine — Quand je serai grande je pourrai être une Princesse ?

Voix off Maman — Mais oui mon ange. Tu seras la jolie Princesse d'un beau Prince. Et puis, tu es déjà ma Princesse à moi !

Ludivine — Je t'aime maman.

Voix off Maman — Moi aussi ma Princesse.

Scène II

Bientôt je serai une princesse

Une adolescente entre avec un petit cahier.
Elle s'assoit en avant-scène. Elle porte une longue robe.
Elle écrit dans son cahier et lit à haute voix.

Ludivine — Le collège c'est l'enfer ! Le problème ce ne sont pas mes notes, qui sont tout à fait convenables. Mais le problème c'est les autres ! Je n'ai pas vraiment d'amis, tout le monde se moque de moi à cause de mes vêtements, de la musique que j'écoute, de mon décalage … Certaines filles comme Lina trouvent même que je ne suis pas normale. Je les déteste, elles et leur musique de barbares, leurs vêtements trop courts, leurs rires, leur mépris …

Elle prend le temps de se ressaisir

Un jour, je rencontrerai quelqu'un comme moi qui aime valser. Qui trouve plus d'attraits à Edith Piaf qu'à une de ces filles à moitié nues des clips ! Et puis il me trouvera jolie, même dans un sac à patate. Je deviendrai enfin une Princesse aux yeux de quelqu'un !

Elle fait tourner sa robe. Elle s'assoit en avant-scène, et serre son carnet contre elle.

Voix off Camarade — Tu l'as vu aujourd'hui ?

Rires moqueurs

Elle ressemble à rien !

Rire qui s'estompent

Voix off Maman — Il faut parler à Ludivine !

Voix off Papa — Pourquoi, il s'est passé quoi ?

Voix off Maman — Rien, mais je la trouve très renfermée. Elle ne sort jamais, elle n'a pas d'amis et elle reste des journées entières dans sa chambre !

Voix off Papa — Mais c'est de son âge. Je suis sûre que tu t'inquiètes pour rien.

Scène III

Maintenant, je suis une princesse

Une jeune femme en robe de mariée danse une valse avec un jeune homme. Ils s'assoient.

Scène II

LE JEUNE HOMME — Alors ma Princesse, tu es heureuse ?

LUDIVINE — Je suis comblée ! Je n'arrive pas à croire que je suis mariée.

SCÈNE IV

LA PRINCESSE PLEURE

La même jeune femme est assise sur une chaise face public.

LUDIVINE — Docteur, j'ai encore fait ce rêve où je danse avec cet homme, et je suis mariée.

VOIX OFF PSY — Mademoiselle, cela fait maintenant trois ans que vous me consultez. La première fois que vous êtes venue, c'était déjà à cause de ce rêve. Vous savez que je ne peux pas vous aider. Vous faites un blocage face à l'amour. Vous refusez de vivre une relation de peur que l'homme que vous trouverez ne soit pas le Prince charmant. Mais au fond de vous, vous savez qu'il n'existe pas ? Je ne pense pas vous être d'une grande aide.
Personne ne peut vous aider. Vous devez vous rendre compte toute seule de votre manque de réalisme.

SCÈNE V

LA PRINCESSE DORT À JAMAIS

Ludivine entre sur scène un flacon à la main.

Quand je serai grande, je serai une princesse

Ludivine — Ma vie n'avait peut-être rien d'un conte de fée, mais ma mort ressemblera à une fin Shakespearienne…

> *Elle avale le flacon et tombe, morte.*
> *Entrent Ludivine enfant et adolescente.*

Ludivine enfant — Regardez la jolie Princesse, elle s'envole dans les nuages !

Ludivine adolescente — Les petites filles sont conditionnées, elles jouent avec des poupées habillées en princesses, au carnaval une majorité de petites filles sont déguisées en princesses. Pour finir, les dessins animés destinés aux fillettes sont des histoires d'amour entre un Prince et une Princesse.
Pourquoi laisser croire aux enfants que la vie est aussi simple et belle qu'un conte de fée ?
Cette histoire est excessive bien sûr, mais laquelle d'entre nous n'a jamais rêvé de devenir une Princesse ?

Pièce adulte

Mariages

Scène I

J'ai dit oui !

*Chacune rentre, dit sa phrase et s'assoit.
Elles sont en robe (rouge, rose, blanche et noir) avec un voile
de la même couleur. Surya porte des menottes.*

Béatrice, *mystérieuse* — Je m'appelle Béatrice et j'ai dit oui !

Marianne, *heureuse* — Je m'appelle Marianne et j'ai dit oui !

Marie, *avec une joie non contenue* — Je m'appelle Marie
et j'ai dit oui

Surya, *penseuse* — Je m'appelle Surya et j'ai dit non !

Les trois autres se tournent vers elle et reviennent face public.

Béatrice — Moi c'était en 1980, Christophe était le fils d'un
Homme d'Affaires, il travaillait pour son père, qui était, il
faut l'avouer, le seul à croire en lui. Christophe n'avait
jamais été très intelligent mais son physique et son argent
lui assuraient un succès certain auprès des femmes. Il était
ce que vous appelleriez aujourd'hui un « bon coup ».
Fortuné de surcroit ! Il faut admettre que le grand amour
n'a jamais été qu'un mythe pour moi, alors quand Christophe
m'a demandée en mariage deux ans plus tard j'ai dit oui.

Marianne — Mon premier mariage avec Jack a été un fiasco,
violent et alcoolique, mon ex-mari me passait à tabac,
quand il rentrait de ses soirées entre « potes »

méprisante et en grimaçant

imbibé de whisky. Mon calvaire a duré 10 ans. Puis j'ai
rencontré Thomas, il m'a sortie de ce cauchemar. Doux et

attentionné, Thomas était l'inverse de Jack. Le 10 janvier 1998, il m'a emmenée au cinéma voir Titanic qui venait tout juste de sortir. Nous sommes ensuite allés manger dans un petit restaurant à côté du cinéma. Le dessert servi, Thomas demanda le silence dans la salle, se mit à mes genoux pour me demander ma main, c'est alors que j'ai dit oui.

MARIE — J'ai rencontré Guillaume il y a deux ans. Beau garçon, en fac de lettres il souhaitait en réalité devenir auteur. Deux mois après notre rencontre, je me sentais nauséeuse et fatiguée. Mon médecin m'annonça l'heureuse nouvelle, un enfant, au creux de mon ventre. Guillaume était fou de joie ! Et c'est la nuit de cette annonce que je lui ai dit oui.

SURYA — Mes parents sont des gens aux apparences sympathiques, mais qui en réalité sont très vieux jeux. Il refusaient que je côtoie des garçons. Pensez-vous que cela m'a arrêtée ? Bien sûr que non ! Il s'appelait Erwan. Il était dans ma classe. Le mercredi après-midi je prétextais un exposé, une leçon à rattraper, et même une fois une sortie avec la classe, pour le retrouver chez lui. Nous nous aimions. J'étais une élève sérieuse et raisonnable. Il était le contraire, perturbateur, il passait ses nuits shooté à la beuh. Je l'aimais mais pas au point de le suivre dans ses délires. C'est le jour où il m'a posée la question fatidique et que l'espace de quelques secondes j'ai imaginé notre vie que j'ai réussi à dire non.

Elle enlève ses menottes et les passe au poignet de Béatrice.

SCÈNE II

IL EST PARTI

BÉATRICE — Je ne l'aimais pas. Et au fils du temps je le trouvais

Scène 1

de plus en plus repoussant, il m'exaspérait !
Pendant trois ans j'ai subi sa présence à mes côtés. Jusqu'au jour où il m'est devenu insupportable de le voir ou l'entendre. N'ayant pas d'enfants, j'étais la seule héritière de l'immense fortune que son père lui avait laissée. Un matin, je l'ai tué.

Un temps

Regretter ? Jamais ! J'ai maintenant une villa et de l'argent pour le reste de ma vie …

MARIANNE — Les années de bonheur s'enchaînèrent jusqu'à l'an dernier.
Thomas se sentait très mal et décida de passer quelques examens.

Imitant le médecin

« Vous avez un cancer des poumons. Je serai franc, il est déjà très avancé, il n'existe aucun traitement. Vous êtes au stade terminal de la maladie. Profitez des mois qu'il vous reste auprès de votre entourage. » Lui a dit le médecin. Alors, nous avons profité des derniers mois tous les deux. Et puis il s'est éteint comme il était arrivé dans ma vie, en silence.

Elle s'effondre, les autres la regardent mais ne bougent pas.

MARIE — Au quatrième mois de grossesse, je perdis le bébé.
Me réfugiant dans la dépression, je ne voyais pas la tristesse qui rongeait mon mari, lui aussi avait perdu un enfant.
Oui mais c'est moi qui l'ai porté mort dans mon ventre !
Il perdait aussi sa femme. Et se retrouva dans les bras d'une autre, elle était belle enthousiaste et elle l'aimait.
Elle lui inventait un avenir qu'il avait tant besoin d'imaginer. Il me quitta.

Elle s'assoit dos public la tête dans les genoux.

Mariages

Surya — La douleur qui suit la séparation de celui qu'on aime est dense et intense, incontrôlable. Mais elle le devient encore plus lorsque cet être vous quitte définitivement.
« Un jeune homme drogué a pris le volant et est rentré dans un arbre. Il est mort sur le coup. » C'est fini ! Pourtant je l'aimais ! Alors pourquoi je n'ai pas dit oui ?

Pièce adulte

Personnages :

MATHIEU : *Garçon perdu.*
EVA : *Première petite amie de Mathieu, pour qui il a toujours des sentiments*
LILI : *Petite amie de Mathieu avec qui il vit.*

Décor :

Un grand tableau blanc ou une grande feuille blanche en fond.
Tableau 1 : *Rien*
Tableau 2 : *Canapé (trois chaises et un jeté de canapé), une table basse, un ordinateur portable*
Tableau 3 : *Le même décor que le tableau 1, un paravent, une table et trois chaises.*

TABLEAU PREMIER
Les rencontres

Scène I

Eva

Eva et Mathieu : Sweats noirs et baggy.
Entre Eva et Mathieu, ils ont 15 ans. Chacun arrive d'un côté
de la scène. Ils marchent l'un vers l'autre d'abord timides
puis passionnés. Ils restent quelques secondes l'un en face de
l'autre puis s'enlacent et s'embrassent.

Eva — Je t'aime Mathieu.

Mathieu — Je t'aime Eva.

Scène II

Lili

Ellipse de 4 ans. Mathieu : Comme scène 1
Lili : Sarouel coloré, pull long coloré.
Entre Lili et Mathieu main dans la main. Arrivé à la moitié de
la scène ils restent face public.

Mathieu et Lili, *d'une même voix* — Je t'aime.

TABLEAU II
La vie à deux

Scène I

L'emménagement

Lili et Mathieu sont dans leur appartement.
Ils ont l'air heureux, ils s'enlacent.

Lili, *enjouée* — Enfin dans NOTRE appartement !

Mathieu, *indifférent* — Oui.

> *Mathieu se met devant l'ordinateur et « joue ».*
> *Lili s'assoit à côté de lui et lit.*

Scène II

Difficile de vivre en couple

Lili et Mathieu sont restés dans la même position, mais l'action
se déroule plusieurs mois plus tard.

Lili, *criant presque* — Mais tu ne fais rien de tes journées !
Tu restes là, avachi, à te morfondre. Reprends-toi !

> *Lili reprend son livre et se tourne. Un ange passe.*
> *Mathieu se détache de son ordinateur.*

Ménage à 3

> *Il prend Lili dans ses bras et l'embrasse dans le coup.*

MATHIEU — J'ai envie de toi.

> *Mathieu se colle à Lili. Tout se fige.*
> *Lili tourne la tête vers le public.*

LILI — Je ne peux pas, je ne peux plus. Je ne supporte plus de le sentir contre moi, en moi. Cette intimité me dégoûte. Pourtant je l'aime mais plus comme ça.

> *Lili tourne la tête. La vie reprend.*

LILI — Non pas ce soir.

MATHIEU — Tu n'as pas envie ?

LILI — Non.

MATHIEU — Ça fait des mois que tu n'as plus envie

> *sa voix se fait dure,*
> *il ressert son étreinte en lui maintenant les poignets.*

Tu es devenue complètement frigide, tu me repousses dès que je te touche.

LILI, *son corps se relâche* — D'accord, vient.

> *Ils sortent.*

SCÈNE III

LA RUPTURE

Mathieu joue sur son ordinateur. Lili rentre, elle range.

LILI — Tu devrais la rappeler.

Tableau II, Scène III

MATHIEU — Qui ?

LILI — Eva.

MATHIEU, *Il lève enfin le nez de son ordinateur* — Quoi ? Pourquoi tu veux que je rappelle mon ex ?

LILI — Je crois qu'il faut se l'avouer, nous ne sommes que des amis. On s'adore Mathieu mais on n'est pas un couple !

MATHIEU — On ne peut pas se séparer pour le moment. On est ici pour toi et j'ai promis de te soutenir dans ton projet.

LILI — Alors dans ce cas on est d'accord dès que mon projet est fini on se sépare.

MATHIEU — Ok tant que l'on reste amis.

Ils s'enlacent.

Ménage à 3

TABLEAU III
A trois

Scène I

Lili et Eva

Lili rentre et s'assoit sur le canapé. Elle compose un numéro.
Un téléphone sonne.
Eva entre et décroche le téléphone sur la table.

Eva — Allo ?

Lili — Bonjour Eva. On ne se connait pas encore. Je suis la copine de Mathieu. Notre couple n'en n'est plus vraiment un. Habiter ensemble nous a permis de comprendre que nous n'étions pas faits l'un pour l'autre. Nous sommes justes de très bons amis.
En plus il semblerait qu'une autre fille lui trotte dans la tête : TOI. Nous nous séparerons à la fin de l'année. Mathieu souhaite me soutenir dans mes études. Ensuite il sera tout à toi. Promets-moi juste d'être là à ce moment-là.

Eva — Salut Lili, je reconnais que je ne m'attendais pas à cet appel. Pour être honnête, je suis au courant de ce qui se passe.

Lili est surprise

Il est évident que je serai là pour lui au moment venu. Mathieu m'a aussi dit que vous souhaiteriez rester amis, alors j'ai hâte que l'on se rencontre.

LILI — Merci, te parler de la situation me rassure. J'imagine que toute cette histoire te parait insensée. J'espère malgré tout que l'on s'entendra.

EVA — J'en suis sûre ! Et la situation n'est pas insensée, disons juste hors du commun.

LILI — Merci pour cette discussion.

EVA — De rien à bientôt.

LILI — A bientôt.

SCÈNE II

PRIS EN FLAG

Lili est devant l'ordinateur en larmes.

MATHIEU — Ça ne va pas ?

LILI — Il me semblait qu'on avait dit à la fin de l'année ? Elle n'est pas capable de tenir jusque-là ? Elle t'envoie ses photos et ensuite tu couches avec moi ! Tu penses à elle quand on fait l'amour ?

MATHIEU — Tu me saoules !

LILI — Réponds-moi !

Mathieu sort. Lili prend son téléphone.
On entend une sonnerie. Eva répond.

EVA — Allo ?

LILI — Tu as gagné il est tout à toi.

Lili raccroche.

Scène III

Juste amis

Lili est assise. Mathieu rentre.

Lili — C'est fini, je crois que c'est mieux comme ça, pour le moment on se détruit mutuellement. Je t'aime plus que tout et je ne veux pas qu'on en vienne à se haïr. Tu comprends ? Tu es important pour moi. Tu m'as redonné confiance en moi, tu m'as aimée et je ne veux pas te perdre.

Mathieu — Toi aussi tu es importante, tu es une petite sœur et une amie pour moi.

Ils s'enlacent. Mathieu sort.

Scène IV

Lili est perdue

*Lili est assise sur le devant de la scène,
elle prend le public à parti.*

Lili — Il me manque. Il est tout près, il partage ma maison, mon lit et pourtant il est si loin … Je vois bien qu'il fait semblant de ne pas me voir pleurer. Il ne me prend plus dans ses bras. Il a mis cette distance entre nous. Il ne me parle plus, certes nos disputes ont cessé, mais pour l'entendre rire ou le voir sourire, il faut qu'il soit avec des amis. Je ne le fais plus rire, plus bander, c'était pourtant ce qu'il aimait chez moi.

Un temps

Mon humour. J'avais été claire dès le début.

Se souvenant

Je ne sais pas être sensuelle par contre promis je te ferai rire.

Un ange passe. Elle a une révélation

Et si c'était ça que je devais faire … Le séduire.

Scène V

Plan séduction

Mathieu est devant son ordinateur. Lili rentre, habillée en nuisette. Elle vient se placer derrière lui lentement. Elle essaye d'être sensuelle mais reste très maladroite. Elle passe les mains sous son T-shirt et l'embrasse dans le cou. Il continue de jouer quelques secondes.

MATHIEU — Qu'est-ce que tu fais ?

LILI — Une bêtise ?!

Lili ferme l'ordinateur et se met sur Mathieu.

Scène VI

La rencontre des filles

Lili range la maison. Elle est nerveuse. Mathieu et Eva arrivent. Elles se toisent. Tout se fige.

LILI, *jalouse* — Elle est belle évidemment. Il la regarde avec cet air béat !

Ménage à 3

Eva, *jalouse* — C'est avec elle qu'il vit, elle est mignonne.

Le temps reprend son cours.

Lili — Salut.

Eva — Salut.

Mathieu est assis devant l'ordinateur. Les filles s'assoient, chacune intriguée par l'autre. La discussion semble banale mais chaque phrase est une allusion à leur relation avec Mathieu.

Lili — On s'entend tellement bien tous les deux !

Eva, *amer* — Oui ça se voit. En tout cas Mathieu m'a dit que tu étais comme une sœur pour lui.

Lili — Parce qu'une sœur on l'aimera toujours. Et vous deux ça se passe bien ?

Eva — Oui très bien.

Lili — C'est pas trop compliqué ? Vous devez avoir changé tous les deux en 6 ans.

Eva — Pas tant que ça.

Lili — C'est pas ce que pense Mathieu. On discute beaucoup...

Tout se fige. Lili se lève.

Lili — Ça va pas durer longtemps vous deux. On parie qu'il te supportera pas !

Lili se rassoit. Eva se lève.

Eva — C'est moi qu'il aime, ça a toujours été moi. Tu n'as été là que pour le distraire en m'attendant.

Elle se rassoit. Le temps reprend son cours.

Lili — Mais ne t'inquiète pas tout se passera bien, j'en suis sûre.

Scène VII

Lili se radoucit

Lili est seule en scène. Mathieu entre.

Lili — Elle aurait au moins pu être conne.

Mathieu, *sans comprendre* — Pardon ?

Lili, *s'agaçant* — Eva ! Elle pouvait pas avoir un gros défaut bien voyant ? Une verrue sur le nez, un cheveux très prononcé sur la langue. Un truc dont j'aurais pu me moquer. Un truc où j'aurais pu me dire qu'elle n'était pas parfaite.

Mathieu sort.

Scène VIII

Seules

Lili et Eva sont chez Eva. Mathieu est seul devant son ordinateur.

Lili — C'est très joli chez toi.

Eva — Merci mais c'est toi qui es très jolie.

Lili — C'est gentil, tu es très mignonne aussi.

Silence gêné

Allez on parle d'autre chose…

Eva — Tu as aimé *Roméo et Juliet* de Baz Luhrmann ?

Un concerto de violon commence. Les filles rient, discutent, s'amusent… La musique et les rires s'arrêtent. Elles se regardent, elles s'avancent l'une vers l'autre (pour s'embrasser).

Ménage à 3

Scène IX

A trois ou pas ?

Ils sont tous chez Mathieu et Lili. Les filles sont en nuisettes (ou sous-vêtement) Mathieu est torse nu. Mathieu se tient debout, une fille de chaque côté. Chacune pose une main sur son épaule, pour le faire s'asseoir. Une chorégraphie maladroite commence. Plus les gestes des filles se fluidifient, plus Mathieu est maladroit et robotique. Petit à petit les filles se rapprochent. Mathieu les regarde, en s'éloignant à reculons, jusqu'à disparaitre. La danse continue à deux.

Scène X

Entre filles

Les filles sont chacune chez elle. Elles poussent le paravent pour ne faire qu'une grande pièce. Chacune emmène un de ses objets chez l'autre. Puis réaménagent le foyer. Elles s'assoient sur le canapé. Elles tournent toutes les deux les yeux vers Mathieu qui entre récupérer son ordinateur. Elles se lèvent d'un mouvement commun pour l'empêcher de partir, mais il leur fait comprendre d'un geste ou d'un regard que c'est inutile. Elles le regardent partir, se rassoient, puis se blottissent l'une contre l'autre.

Pièce enfant

Les contes de fées
N'EXISTENT PAS

Scène I

Aurore, la belle au bois dormant, dors sur un lit. La pièce n'est composée que d'un lit, un chevet et dans ce chevet un livre.

Scène II

Raiponce, même décor, dessine sur un cahier.

Scène III

Belle, même décor, lit un livre sur son lit et écrit.

Scène IV

Une personne capuchonnée, aide une jeune fille à s'allonger (même décor). Mais la jeune fille lutte et se met à crier. La personne sort et ferme à double tour la pièce.

Scène V

Belle a entendu un cri.

Belle – Il y a quelqu'un ?

Un temps. Elle se rapproche de la porte.

Quelqu'un d'autre que moi ?

Elle s'assoit par terre et pleure.

Les contes de fées n'existent pas

Scène VI

Les jours se suivent, chaque princesse tente de s'occuper comme elle le peut.

Scène VII

Belle écoute à la porte et dès que celle-ci s'ouvre, elle s'enfuit en courant. Elle arrive dans une forêt, court de toutes ses forces avant de tomber.

Scène VIII

Changement de décors, Chaque pièce comporte les affaires de deux filles. Belle se réveille difficilement, elle est allongée et a une plaie à la tête.

Raiponce – Bonjour.

> *La vision de Belle redevient Normale. Elle se rend alors compte qu'elle n'est pas seule. Elle se repli pour se protéger.*

Raiponce – Ne t'inquiète pas, ce n'est pas moi qui t'ai enfermée ici. Elle t'a amenée ici hier soir et elle a laissé de quoi te soigner.

> *Belle touche son front et grimace.*

Raiponce – C'est superficiel. Tiens voilà de quoi manger.

> *Belle finit par se détendre un peu. Elle prend le bol.*

Belle – Merci.

Scène IX

Mulan se retrouve dans la chambre d'Aurore. Elle attend qu'Aurore se réveille, mais voyant qu'il ne se passe rien, elle reprend son entraînement. Après un certain temps, elle décide d'essayer de réveiller Aurore qui, bien sûr, ne se réveille pas.

Mulan – Sérieux ?

Mulan frappe à la porte.

Mulan – Hey ! Y a quelqu'un ? Wouhou ! Je peux changer de coloc ? Non, allez s'il vous plait ! Pffff !

Scène X

Belle et Raiponce sont chacune a un coin du lit en train de lire le livre de l'autre.

Belle – Dis-moi Raip, c'est une habitude chez toi de vivre enfermée !

Raiponce – Euh ouais.

Belle – Tu as passé quoi ? A peine un an dehors.

Raiponce – Ouais.

Belle – En plus tes cheveux ne nous serviront à rien vu que tu les as coupés.

Raiponce – Ok, tu comptes continuer encore longtemps ?

Belle – Bah quoi ?

Raiponce – T'es déprimante comme fille, tu sais !

Les contes de fées n'existent pas

Belle – Ce n'est pas la vérité peut être ?

Raiponce – Si, mais si on pouvait garder un tout petit peu le moral …

Belle – Ok.

Scène XI

Mulan parle toute seule en lisant l'histoire d'Aurore.

Mulan – La fille passe son temps à pioncer ! Géniale c'est moi qui gagne celle qui fait rien.

Mulan termine le livre. Une idée lui traverse l'esprit. Elle se lève, s'approche d'Aurore et l'embrasse sur le front. Rien ne se passe.

Mulan – Bah ouais forcément je ne suis pas le prince charmant.

Mulan crie de frustration.

Aurore – Hey, tu pourrais arrêter de parler à longueur de journée ? Certaines essayent de dormir ici.

Aurore se retourne pour se rendormir.

Mulan – Tu vas vraiment te rendormir ?

Aurore – Ouais.

Mulan – En fait, c'est pas du tout un sort, c'est juste que t'es une feignasse.

Aurore se retourne vers Mulan.

Aurore – Vas te faire voir.

Aurore ferme les yeux. (Un temps)

scène XI

Aurore – Tu n'aurais pas une aiguille ?

Mulan regarde autour d'elle
(pour faire comprendre à Aurore qu'elles sont captives).

Mulan – Bah non. Pourquoi, t'as une envie de raccourcir les rideaux ?

(Il n'y en a pas)

Aurore – Non c'est pour dormir.

Mulan – Tu te piques pour dormir ?

Aurore – Ouais c'est une sorte de maladie. Tout le monde croit qu'on m'a jeté un sort. Mais c'est juste que je dois me piquer le bout du doigt pour dormir.

Aurore montre son doigt (violet) à Mulan.

Mulan – Mais c'est dégoûtant !

Aurore – Oh ça va, ça pue un peu quand ça suinte, mais ça part vite.

Mulan – Donc si je reprends, tu te piques le doigt pour t'endormir et il faut t'embrasser pour te réveiller ?

Aurore – Ouais c'est ça. Dis-moi, où sont les commodités ?

Mulan – Comment ça ?

Aurore – Bah les toilettes, un évier, un WC, une douche …

Mulan – Bah t'es pas une princesse ?

Aurore – Si et ?

Mulan – On n'a pas besoin de se laver ! C'est dans le contrat.

Les contes de fées n'existent pas

Aurore – Ouais je sais mais ça fait un bail que je dors, princesse ou pas, je ne te dis pas l'haleine …

> *Mulan sort une brosse à dents du chevet et la donne à Aurore.*

Aurore – Merci

Scène XII

Mère Gothel est assise dans l'une des chambres (identique aux autres), des papiers sont étalés sur le lit. Elle prend son téléphone et compose un numéro.

Mère Gothel – Oui c'est moi … Je ne vais pas pouvoir les garder comme ça encore longtemps … Elles sont en train de se révolter, Mulan s'est réveillée quand je l'ai transportée, Et elle a sorti Aurore de son sommeil. Et enfin Belle a essayé de s'enfuir. On doit trouver une solution ! …

> *Mère Gothel semble soudain apeurée*

Non je ne ferai jamais ça. Elles sont trop dangereuses.

Mère Gothel raccroche. Elle range ses papiers, va pour sortir, s'arrête prend une grande inspiration et sort de la pièce.

Scène XIII

(Même décor) La Mère Gothel est assise, elle écrit dans un livre. Se met face à la caméra de surveillance.

Mère Gothel – Les princesses si vous trouvez ce livre c'est parce que vous avez réussi à vous échapper.

Scène XIV

Belle et Raiponce dorment. Un bruit de clef.

Scène XV

Mulan et Aurore dorment. Un bruit de clef.

Scène XVI

Raiponce se réveille, prise de l'impression d'avoir entendu ou rêvé un bruit de clef dans la nuit, elle court à la porte et l'ouvre, puis la referme. Elle se précipite sur Belle et la réveille.

Raiponce – La porte est ouverte ! Belle ! La porte est ouverte !

Belle – Laisse-moi dormir.

Raiponce – Pour nous dire qu'il n'y a aucune chance qu'on sorte d'ici, il y a du monde, mais pour se bouger quand c'est le moment, il n'y a plus personne.

Raiponce tire la couette de Belle, la jette au sol.

Raiponce – Moi je sors !

Belle se lève ronchon et suit Raiponce jusqu'à la porte. Raiponce tourne la poignée et sort, suivie de Belle.

Scène XVII

Belle et Raiponce entrent brusquement dans la Chambre de Mulan et d'Aurore.

Les contes de fées n'existent pas

Mulan – Mais qu'est-ce que c'est encore ?

Elle se met en position prête à se battre

Raiponce – Moi c'est Raiponce et elle c'est Belle.

Belle grommelle un « B'jour ».

Mulan – Aurore, debout !

Aurore ronfle et se retourne.

Mulan – La belle au bois dormant.

En désignant Aurore.

Pourquoi vous nous avez enfermées ?

Belle – T'as pas inventé la lampe magique toi ! ce n'est pas nous qui vous avons enfermées. On était nous aussi enfermées dans la pièce à côté.

Mulan – Et comment vous êtes sorties ?

Raiponce – J'ai entendu un bruit dans la nuit et au réveil j'ai vérifié, les portes étaient ouvertes. Il y a cinq pièces, la nôtre, la vôtre, deux sont vides et il reste la dernière.

Mulan – Je réveille Aurore, et on y va ensemble ?

Raiponce – Oui.

Mulan embrasse Aurore sur la tête.
Belle et Raiponce la regardent faire sans comprendre.

Mulan – Oui bah c'est la Belle au Bois Dormant !

Aurore – Qui êtes-vous ? Pourquoi vous nous avez enfermées ?

Mulan – T'es en retard ! Elles ont été enfermées comme nous et quelqu'un a ouvert les portes cette nuit.

Aurore – Quoi ? Qui ?

RAIPONCE – Ce n'est pas qu'on s'ennuie mais on peut s'activer ?

Scène **XVIII**

Mère Gothel est allongée par terre dans la dernière pièce.
Les voix des princesses s'élèvent de derrière la porte.

AURORE – Ahhh nous sommes toutes des princesses alors. Enfin sauf toi Mulan. Mais du coup qu'est-ce que tu fais là ?

MULAN – Si on te demande tu diras que tu sais pas...

RAIPONCE, *Coupant Mulan* – Vous y êtes ? On entre ?

Les princesses entrent

RAIPONCE – Oh non ! Mère Gothel !

Raiponce se précipite sur Mère Gothel.

RAIPONCE – Elle est … C'est fini.

MULAN et AURORE – C'est horrible !

BELLE – En même temps, c'est la femme qui t'a enfermée pendant des années, non ?

RAIPONCE – Oui, mais elle m'a élevée et apporté de l'amour, malgré tout.

Raiponce prend le drap qui est sur le lit et recouvre Mère Gothel.
Elle lui tient la main et lui parle tout bas.

AURORE – Il y a un livre sur le chevet, vous pensez que c'est le sien ?

MULAN – Ouvre le.

Aurore ouvre le livre.

Les contes de fées n'existent pas

Aurore – Il est vide.

Raiponce lâche la main de Mère Gothel et avance vers la caméra.

Scène XIX

Suite de la scène 13
(Même décor) Mère Gothel est assise, elle écrit dans un livre à la plume. Se met face à la caméra de surveillance.

Mère Gothel – Les princesses si vous trouvez ce livre c'est parce que vous avez réussi à vous échapper. Toutes les réponses sont dedans. Mais pour les trouver vous devrez les rendre visibles.

Un bruit se fait entendre.

Pardonnez-moi.

Une personne jette un sort sur Mère Gothel qui tombe morte ...

Scène XX

Les princesses sont assises à une table avec le livre.

Mulan – Le regarder ne sert à rien quelqu'un aurait mieux ?

Aurore – On devrait demander à Ariel.

Raiponce – Ariel ?

Belle – Pouffant de rire. Tu crois aux sirènes toi.

Aurore – Elles existent. Ariel est une amie à moi.

Mulan – Et qu'est-ce qu'elle va faire ta sirène ?

scène XX

Raiponce – Les sirènes sont les déesses de la mer. Elles peuvent révéler le livre !

Belle – On ne s'enflamme pas. On parle de poissons magiques. Attendons de voir si on en trouve déjà.

Mulan et Aurore se regardent, puis regarde Raiponce.

Raiponce – Oui elle est toujours comme ça.

Scène XXI

Les princesses marchent en forêt. Belle tombe. Les autres l'aident à se relever.

Scène XXII

Aurore s'arrête pour cueillir des fleurs en chantant.

Aurore – Mon amour je t'ai vu au beau milieu d'un rêve
Mon amour un aussi doux rêve est un présage joli
Refusons tous deux que nos lendemains soient mornes et gris
Nous attendrons l'heure de notre bonheur
Toi ma destinée, je saurai t'aimer
J'en ai rêvé

Mulan – Euh Aurore ?

Aurore – Continuant sans l'entendre. La-la la-la, lalalalala...

Nous attendrons de notre bonheur
Toi ma destinée, je saurai t'aimer
Tu l'as rêvé

Les contes de fées n'existent pas

Belle – Bon ça suffit maintenant !

> *Attrapant le bras d'Aurore pour qu'elle la regarde.*

Tu arrêtes de chantonner. On essaie d'être discrètes et toi tu chantes, tu cueilles des fleurs, tu …, tu ne sais même pas où tu nous emmènes !

> *Un bruit se fait entendre. Les princesses se cachent derrière les arbres, tant bien que mal.*

Philippe – Mon amour tu m'as vu au beau milieu d'un rêve
Mon amour un aussi doux rêve est un présage d'amour
Refusons tous deux que nos lendemains soient mornes et gris
Nous attendrons l'heure de notre bonheur
Toi ma destinée, je saurai t'aimer
J'en ai rêvé

Adam – Arrête de chanter c'est insupportable.

Belle *à Aurore en chuchotant* – Ah tu vois !

Aurore – C'est Philippe !

> *Aurore sort de sa cachette.*
> *Philippe la reconnait et lui tend les bras, dans lesquels elle se jette.*
> *Belle reconnait Adam et lui saute elle aussi au coup.*

Philippe – Shang, Flynn, Éric ! Elles sont là !

> *Mulan et Raiponce sortent à leur tour.*

Shang – Je savais que tu t'en sortirais.

Flynn, *prenant Raiponce dans ses bras* – Tu m'as manqué.

Éric – Où est Ariel ?

Aurore – Elle n'est pas avec nous. Mais nous allions à sa rencontre.

Scène XXIII

Tous ensemble princes et princesses partent à la recherche d'Ariel. Ils arrivent devant un cour d'eau. Ariel est attachée.

Éric – Ariel, j'arrive !

> *Éric court à la rencontre de la sirène, la détache et la serre contre lui.*

Ariel – Enfin, je n'y croyais plus.

Scène XXIV

Les princes dorment, alors que les princesses se réchauffent au coin d'un feu.

Belle – Alors les sirènes existent vraiment ?

Aurore – Evidemment ! Ton prince a été changé en bête pendant des années et tu ne crois pas à la magie ?

> *Belle râle*

Mulan – On a failli oublier. On te cherchait, sans savoir que tu étais prisonnière toi aussi. Mère Gothel nous a laissé un livre.

Raiponce – Peux tu nous aider à le lire ?
Ariel – Mais votre livre est vide.

Belle – Justement il faut le révéler.

> *Ariel se met à l'eau, ferme les yeux et se concentre. Au bout de quelques secondes, une phrase s'écrit : « Les princes vous ont fait enfermer. » En levant les yeux, Ariel voit les princes. Ils soufflent une poussière de fées et les princesses s'endorment.*

Scène **XXIV**

Les princes avancent tous ensemble dans la forêt.

Éric – On est enfin débarrassés.

Flynn – Je n'en pouvais plus de son sourire émerveillé.

Philippe, *agacé* – C'était moins une, la vieille sorcière Gothel a bien faillit les sauver.

Adam – Très bonne idée de l'appâter avec votre chanson.

Shang – Cette fois-ci elles ne devraient pas revenir.

Les princes poursuivent leur chemin.

Voix off – Méfiez-vous, les apparences sont parfois trompeuses; et c'est ainsi que les princesses, Ariel, Aurore, Belle, Mulan et Raiponce disparurent à tout jamais.

Pièce enfant

La *princesse* et ses **PRÉTENDANTS**

Scène I

La princesse danse, sa mère entre.

La reine — Prune, ma chérie ?

Prune — Oui mère ?

Elle arrête de danser

La reine — Ma douce enfant, nous organisons une rencontre ce soir avec le prince Alexandre.

Prune — Le prince Alexandre ? Mais, je le connais déjà, mère.

La reine, *souriant avec bienveillance* — Oh ma chère enfant, bien sûr que vous connaissez le prince. Mais vous êtes en âge d'avoir des prétendants.

Prune, *apeurée* — Vous souhaitez me marier, mère ?

La reine — Bien sûr mon ange. Et Alexandre est le prince parfait pour vous.

Scène II

Le prince entre. La princesse danse, il la regarde.

Prune, *toujours en dansant, elle se rapproche de lui, s'arrête et fait une révérence* — Monseigneur.

Alexandre, *Il lui fait un baisemain, elle se redresse* — Princesse, vous êtes magnifique quand vous dansez.

Prune — Mais il me manque un cavalier.

Alexandre — Eh bien, voilà chose faite. Ma chère, puis-je

danser avec vous ?

> *Lui tendant la main, qu'elle saisit*

PRUNE — Ce serait un honneur, monseigneur.

> *Ils dansent.*

SCÈNE III

> *Léandre entre sur ses gardes.*
> *Au bout de quelques instants il appelle.*

LÉANDRE — Prune, la voie est libre.

> *Prune entre et prend Léandre dans ses bras.*

PRUNE — Nous n'avons pas beaucoup de temps Léandre.

LÉANDRE — Ma princesse, nous trouverons un moyen.

PRUNE — Nous devons fuir, Léandre. Je n'épouserai personne d'autre que toi !

LÉANDRE — Non princesse. Nous ne fuirons pas ! Je vais le provoquer en duel !

> *Léandre sort, Prune le suit.*

SCÈNE IV

> *La princesse pleure. La fée entre.*

FLEUR — Et bien princesse, que vous arrive-t-il ?

PRUNE — Mais qui êtes-vous ?

scène IV

Fleur — Je suis votre bonne fée, ma chère.

Prune — Ma bonne fée ?

Fleur — Evidemment, toutes les princesses ont une marraine. Je suis la fée Fleur, la fée qui soigne les cœurs. Racontez-moi tout.

Prune — Mes parents souhaitent me marier, mais pas au prince que j'aime. Ils veulent me marier à Alexandre. Léandre veut le provoquer en duel. J'épouserai le vainqueur.

Fleur — Mais pourquoi ne voulez-vous pas épouser le Prince Alexandre ?

Rêveuse

Il est un prince charmant …

revenant à la réalité

Malheureusement je ne peux vous aider. Nous devons attendre.

Scène V

Alexandre et Léandre sont en scène et se battent.

Léandre — Prince Alexandre, vous n'épouserez pas ma Prune.

Alexandre tombe.

Alexandre — Prince Léandre, je ne veux pas épouser la princesse.

Léandre — Comment ? Mais elle vous est promise.

Alexandre — Oui nos parents souhaitent nous marier. Mais je suis amoureux d'une autre.

Léandre aide Alexandre à se relever.

La princesse et ses prétendants

Léandre — Mais quelle est la princesse qui a pris votre cœur ?

Alexandre — Ce n'est pas une princesse, c'est une fée.

Scène VI

*La fée est seule en scène elle ramasse des fleurs.
Alexandre entre.*

Alexandre — Fleur, vous voilà.

Fleur — Oh prince, mais que faites-vous là ?

Alexandre — Je dois vous parler.

Fleur, *inquiète* — C'est à propos du mariage ?

Alexandre — Le mariage a été annulé. La princesse épousera le Prince Léandre.

Fleur — Quelle excellente nouvelle ! Mais pourquoi êtes-vous si triste ?

Alexandre, *hésitant* — C'est que … je suis amoureux.

Fleur — Oh ne souffrez plus, je vais vous aidez. Qui est-ce ?

Alexandre : C'est une fée.

Il lui prend la main

Fleur, m'épouserais-tu ?

Fleur — Oui mon beau prince, je t'épouserai.

Pièce enfant

Mais où est le  Pollen ?

Scène I

Les ouvrières cherchent le pollen

Les ouvrières tournent autour des fleurs (les petites) qui sont recroquevillées sur elles même

Ouvrière 1 — Elles sont toutes vides !

Ouvrière 2 — Il n'y a plus de pollen.

Ouvrière 3 — Voilà des heures que nous cherchons.

Elles tournent encore un peu autour des fleurs.

Ouvrière 1 — Il n'y a rien. Allons plus loin.

Ouvrière 2 — Encore ? Mais j'ai mal aux ailes moi !

Ouvrière 3 — Moi je rentre ! J'en ai marre.

Ouvrières 1 et 2 se regardent et la suivent.

Scène II

Les ouvrières se rebellent

Ouvrière 1 — Nous allons être bannies de la ruche !

Ouvrière 2 — Oh non ! Je ne veux pas trouver une nouvelle ruche, moi.

Ouvrière 3 — Il y en a marre. Nous avons fait ce que nous pouvions. Ce n'est pas de notre faute ! N'est-ce pas les ouvrières ?

Les petites abeilles en chœur — oui !

Mais où est le Pollen ?

Scène III

La reine des abeilles et ses sous chefs

La reine de la grande ruche — Esclaves !

Entre les chefs.

Chef 1 — Oui ma reine.

La reine de la grande ruche — Nous ne produisons pas assez de miel !

Chef 2 — Eh bien, c'est-à-dire que les ouvrières ne rapportent pas assez de pollen.

La reine de la grande ruche : Pas assez de Pollen ? Et pourquoi donc ?

Chef 3 — Elles n'en trouvent pas.

La reine de la grande ruche — Il n'est pourtant pas sorcier de trouver des fleurs, nous sommes en été !

Chef 1 — Le problème ma reine c'est que toutes les fleurs sont vides.

La reine de la grande ruche — Ce n'est pas mon problème ! Je veux qu'elles produisent du miel !

Scène IV

Les sous chefs remotivent les troupes

Chef 1 — Réunion des ouvrières ! Allez allez ! Plus vite que ça ! La reine n'est pas contente de vous. Vous devez toutes vous remettre au travail et plus vite que ça ! Trouvez du pollen et faites du miel ! Vous n'êtes pas des papillons ! Alors on arrête de se promener et on part à la chasse au pollen.

Les ouvrières sortent en râlant, sauf ouvrière 1, 2 et 3 et chef 4

Scène V

LES OUVRIÈRES SE METTENT EN GRÈVE (AVEC LES PETITS)

CHEF 1 — Il me semblait avoir été clair ouvrières !

OUVRIÈRE 3 — Ça suffit maintenant ! Nous sommes fatiguées ! Il n'y a plus de pollen ! Nous nous épuisons, tous les jours à voler pendant des heures.

Intriguées par le bruit les petites abeilles reviennent.

OUVRIÈRE 3 — Nous nous mettons en grève !

* Chant des petites abeilles *
Nous volons depuis des jours, des nuits, à la recherche d'un peu de pollen.
« Vous devez butiner, encore ! » nous répétait la reine.
Quand cela va t il s'arrêter ? Nous l'avons décidé !
Il est grand temps de se reposer et de crier vive la liberté !

Il n'y a pas de raison à continuer de travailler.
Puisque de toute façon, ça ne sera jamais assez.
Mais tant de choses peuvent changer.
Il suffit d'un peu de courage.
Et maintenant, nous espérons tous ensemble, que vous aurez compris le message.

* © Marine Cado *

La reine de la grande ruche entre durant le chant.

La reine de la grande ruche : Vous ne voulez plus travailler ? Parfait. Je jette à la rue toutes celles qui refusent de se remettre au travail sur le champ !

Ouvrière 1 — C'est elle ma reine qui veut se mettre en grève.

Ouvrière 2 — Nous n'étions pas d'accord avec elle.

Ouvrière 3 — Lâcheuses !

Scène VI

La nouvelle ruche

Reine de la petite ruche — Et voilà le dernier sac de pollen !

Chef 4 — Tu as bien bossé.

Reine de la petite ruche — Oui. Et on ne peut pas dire que vous m'ayez beaucoup aidé.

Chef 5 : Nous on t'a couverte le temps que tu volais le pollen.

Reine de la petite ruche — Et moi j'ai dû trimbaler tout le pollen sur mon dos ! J'exige une compensation !

Chef 6 : Quoi comme compensation ?

Reine de la petite ruche — Je veux être la reine de cette nouvelle ruche !

Chef 4 : si tu y tiens…

Reine de la petite ruche — Parfait.

Au chef 4

Toi va me chercher des ouvrières !

Scène VI

Aux chefs 5 et 6

Et vous deux au travail ! Fabriquez-moi du miel !

Elles ne réagissent pas

MAINTENANT !

Elles s'exécutent

Scène VII

Les ouvrières désertent la ruche

Les ouvrières sont fatiguées, elles travaillent difficilement.

Chef 4 — Bonjour les ouvrières ! Vous voilà bien fatiguées !

En chœur — Oui

Chef 4 — Comme je vous comprends …

A ouvrière 3

Viens par là.

Elles se mettent à l'écart.

Ouvrière 3 —Que me veux-tu ?

Chef 4 — Je t'ai entendue l'autre jour. Tu as l'air de ne pas aimer ta reine.

Ouvrière 3 —En effet. Et si je dois quitter la ruche pour ce que j'ai dit, je partirai.

Chef 4 — Est-ce que toi, et quelques-unes de tes amies, accepteraient d'être dirigées par une nouvelle reine ?

Ouvrière 3 —Dans une nouvelle ruche ?

Mais où est le Pollen ?

Chef 4 — Bien sûr ! Nous avons plein de pollen.

Ouvrière 3 — Vous avez du pollen ? Alors je suis des vôtres !

Chef 4 — Dans 10 minutes à 1km dans le champ de Tulipes.

Scène VIII

De nouvelles ouvrières pour une nouvelle ruche

Chef 4 — Ma reine nous avons des ouvrières !

Reine de la petite ruche — Ah mes petites ouvrières ! Qu'on leur offre du pollen !

Ouvrière 3 — C'est toi la nouvelle reine ! Mais d'où sort tout ce pollen ?

Reine de la petite ruche — Oui c'est moi ! Et c'est aussi moi qui ait volé tout le pollen à trois kilomètres à la ronde.

Ouvrière 3 — Alors les filles, mettons-nous au travail !

Chef 4 — Tu vois, elles sont parfaites !

Scène IX

Une fleur dans le désert

Dans un champ de fleurs, toutes les fleurs sont épuisées. Sauf une ... Les abeilles entrent.

Ouvrière 1 — Oh venez ici, il reste une fleur !

Ouvrière 2 — Une fleur ?

Scène IX

Ouvrière 3 — Par ici les filles, il reste une fleur !

Ouvrière 1 — Que fais-tu ici ?

Ouvrière 3 — Je travaille pour une nouvelle reine !

Ouvrière 2 — Cette fleur est à nous !

Ouvrière 1 — C'est ce que l'on va voir !

La fleur — Hey ! Et si on me demandait mon avis ?

Ouvrière 1 — Mais on ne demande jamais l'avis des fleurs !

La fleur — C'est bien ça le problème ! La fleur lance ses épines autour d'elle.

En chœur — Aïe

La fleur — Partez maintenant.

Les ouvrières partent en courant.

Scène X

La guerre des reines

La reine de la grande ruche — Alors c'est toi la dernière.

La reine de la petite ruche — Laisse la tranquille !

La fleur — J'ai piqué vos ouvrières, je me fiche que vous soyez reine !

La reine de la grande ruche — Je suis juste venue te dire combien tu es belle. Et si tu me laissais prendre un peu de pollen, je pourrais nourrir mes petites ouvrières. La reine à côté de toi a volé tout le pollen.

Mais où est le Pollen ?

La reine de la petite ruche — Oui j'ai pris tout le pollen. Mais par ce que tu nous forçais à travailler toujours plus ! Nous nous tuons à la tâche.

La fleur — Je n'aime pas les complots petite reine. C'est à cause de toi que nous refusons de faire du pollen. Et toi grande reine, tu ne vois pas que tes ouvrières sont tristes. Elles font mal leur travail. Elles nous font mal quand elles butinent.

Scène XI

Les fleurs coopèrent et le pollen revient
(avec les petits)

La reine de la petite ruche — Venez les filles. Nous sommes désolées jolie fleur. Si toi et tes amies l'acceptez, nous voudrions vous butinez doucement.

La reine de la grande ruche — Ouvrières !
Nous te présentons nos excuses chère fleur. Si tu es d'accord nous pourrions vous demander votre accord aux autres fleurs et toi avant de vous butiner.

La fleur — J'ai une dernière demande, faites la paix.

Les deux reines se serrent la main.

La fleur — Allez les fleurs ! Debout et dansons !

Chant des petites fleurs
Avez-vous donc entendu, mes chères amies.
La paix est enfin revenue, on est réunies.
Alors chantons, mais aussi dansons

Scène XI

Montrez-moi vos talents, voyons, Lalalalala.
En s'entraidant, la vie devient plus amusante.
Petites abeilles, venez nous voir quand cela vous chante.
On dévoilera dans nos pétales arc en ciel
De quoi vous aider à faire le meilleur miel.

* © Marine Cado *

Nouvelle

Incident
Voyageur

Assise sur le bord de lit, elle ouvre les yeux doucement. Malgré son jeune âge, ses yeux sont cernés, durs. Elle semble ne pas avoir dormi depuis plusieurs nuits. Les yeux rougis à force de pleurer, le dos courbé, elle fait penser à une vieille femme.

Lentement, elle choisit des vêtements dans le placard : une robe rouge sang. Elle dépose ses affaires dans la salle de bain et se dirige vers la cuisine. Après avoir avalé quelques gorgées d'eau, elle se rend compte que sa gorge est serrée, elle n'a pas faim. Elle retourne à la salle de bain, se lave, s'habille et se maquille machinalement. Il est six heure moins cinq, l'heure de partir, le premier métro passe dans dix minutes.

Dehors, c'est l'hiver, un bel hiver, le froid et la neige s'associent à merveille à son humeur. C'est un hiver comme elle les aime. La nuit est toujours là, mais la neige éclaircit la ville.

Dans sa simple robe elle frissonne, réaction de son corps mais son esprit ne réagit pas, ses yeux demeurent vides, dénués d'expression, lourds d'avoir trop pleuré.

Elle entre dans la bouche de métro, passe son ticket et le range dans son sac. Elle attend la ligne 5, personne ne la voit. Elle s'enfonce un peu plus dans le noir. Il arrive, elle entend le bruit sourd des freins, mais elle ne se retourne pas elle continue d'avancer. Un signal strident indique le départ imminent vers la prochaine station. Elle reste là, immobile. Le métro redémarre à toute vitesse et s'arrête au bout de quelques secondes. « Incident voyageur » annonce le conducteur encore sous le choc. Chacun se lève et râle. Elle demeure immobile. Elle n'entend pas le vacarme qui l'entoure. Vide … Son âme s'envole, toujours intacte mais avec une beauté surprenante, les cernes ont disparu, elle est belle, tandis que son corps reste là sur terre à demi broyé sous les roues du métro. Tout est enfin fini.

Nouvelle

Rêve et RÉALITÉ

Il était là, devant mes yeux. Souriant comme un gosse devant le sapin un matin de Noël. Sa joie était palpable. Ses yeux pétillants se posèrent sur moi et mon cœur s'emballa. Se pouvait-il que je … ? Non, je ne le connaissais pas. Et pourtant, après plusieurs semaines d'attente – longues et difficiles – il était là.

- Est-ce que ça va ?
- Oui. Le murmure infime s'échappa de moi dans un souffle.

J'étais figée sur place, tétanisée par sa beauté et ses mots. Chaque idée qu'il énonça me touchait directement au cœur. J'étais amoureuse, voilà, c'était dit. Je l'aimais, même s'il ne connaissait pas le son de ma voix. J'étais tombée sous son charme dès que je l'avais vu pour la première fois. La soirée passa ainsi, je l'écoutais et il avait des choses à dire. Je tendis la main vers lui et il la frôla.
La soirée s'acheva. Je montais dans la voiture. Mon amie s'assit place passager.

- Il est beau, glissa-t-elle face à mon visage encore ébahie par cette soirée.
- De qui ? M'efforçais-je de répondre.
- Le chanteur du groupe, tu sais qu'il est inaccessible, n'est-ce pas ?
- Je ne vois pas de quoi tu parles.

La soirée était finie, mon rêve s'évanouit et je revins à la dure réalité.

Nouvelle

Le chant d'une sirène

Il lui avait tapé dans l'œil. Toutes ses copines avaient remarqué son changement de comportement. A l'intérieur de la boîte bondée, elle n'avait d'yeux que pour lui. Elle ondulait pour le DJ, comme la sirène chante pour le marin. La piste était son océan, la musique son bateau. Il l'avait repérée la jolie sirène. Dès qu'il avait embarqué, elle avait posé les yeux sur lui et sont regard était devenu brûlant. Il la regardait danser, subjugué, fasciné, troublé et si désorienté qu'il faillit en oublier sa musique.
Leur jeu dura plusieurs heures, regards échangés, danses équivoques. Et voilà qu'il était l'heure.

Un dernier verre et on rentre.

Elle ne voulait pas rentrer. Elle voulait danser encore et encore. Assise aux bar, l'esprit embué de musique, elle prenait le temps de boire le dernier verre.

Rien qu'une fois.

Le souffle chaud contre son oreille et cette voix suave ... Elle senti la supplique dans sa voix. Elle se tourna, fixa les yeux couleur océan.

Rien qu'une nuit.

Prélude aux portraits

Maman c'est … Tout d'abord celle qui nous porte pendant neuf mois, qui subit les nausées, les vergetures, les émotions décuplées, la déformation de son corps (merci les hormones). Et tout cela avant même de nous connaitre. Elle nous aime déjà de façon inconditionnelle. Elle accepte de nous offrir son corps, sa jeunesse et la vie, la sienne, la nôtre.

En regardant les vieilles photos, on la voit caresser son ventre, un sourire béat aux lèvres. Maman sait que ce qui se passe en elle c'est presque magique. Parce que donner la vie ce n'est pas rien. C'est même le contraire de rien, c'est tout. Quelques mois plus tard les photos comptent une personne de plus. Eux amoureux, fatigués. Et nous, sous toutes les coutures. Des preuves d'amour figées dans le temps.

Être maman c'est un travail, une passion, chronophage, frustrant, enrichissant, amusant, émotionnellement difficile … Être maman c'est extraordinaire !

Maman s'est trompée. Quand elle m'a mis au monde. Elle pensait : « La réalisation d'un rêve, la création d'une famille, un mini moi ». Et c'est vrai ! Mais pas que … Je suis aussi son pire cauchemar.

Portrait

Portrait de Maria

Elle est une photo dans un cadre. C'est ce qu'elle a toujours été. Elle est belle, figée dans ses 25 printemps.
Mon père et mes grands-parents me parlent d'elle.
«Ta maman était une femme extraordinaire.»
C'est possible, mais je ne le saurai jamais. Et puis c'est ce que l'on dit de tous ceux qui meurent, non ?
Je ne connais d'elle que les souvenirs enjolivés que l'on me raconte.
«Elle était drôle, tu sais. Elle faisait rire tout le monde.»
«Il faut voir comme elle était douce et aimante.»
Je ne dis rien. Ça m'agace juste. Ça m'agace parce que je ne connais pas cette étrangère.
Qu'est ce qu'elle est pour moi, hein ?
Ma génitrice.
Elle ne s'est jamais conduite comme une mère. Je sais que ça blesse papa quand je dis ça. Je sais que pour lui c'est cruel de me voir la dénigrer.
Mais comment pourrais-je l'appeler maman, alors qu'elle m'a laissée seule ? Comment ne pas haïr la femme qui m'a mise au monde et qui n'a pas eu la décence de rester pour m'élever, pour m'aider à vivre dans ce monde ?
Je n'ai même jamais senti ses bras autour de moi, je n'ai entendu sa voix que dans son utérus.

Elle est morte à cause de moi. En tout cas en me donnant la vie. En me donnant sa vie. Je ne connaîtrai jamais ma mère. Je ne saurai jamais quels conseils elle m'aurait donnés.
Je ne lui annoncerai jamais qu'aujourd'hui, comme elle, j'ai 25 ans et je suis enceinte.

Dans quelques semaines je vais accoucher et j'ai besoin de toi maman, pour me rassurer, pour me dire que ma fille ne sera pas orpheline comme je l'ai été.
Maman, c'est quoi une maman ?
Une bonne maman je veux dire.

Tu sais maman, au fond de moi, je t'aime.

Portrait

Portrait d'Anne

Quand elle me prend dans ses bras, c'est doux et tendre, c'est rempli d'amour. Mais c'est aussi faible et assez peu enveloppant. Elle a de tous petits bras maigre.
Parfois on dirait qu'elle est malade.
Quand elle s'assoit sur son fauteuil, le teint jauni par la cigarette et les rides dues à la maigreur, j'ai peur qu'elle soit malade.
J'ai peur de la perdre.
Chaque ride est une épreuve qu'elle a traversée, et qu'elle a surmontée.
Ses yeux sont froids, mais quand on regarde au fond, c'est un océan de tristesse qui s'écrase sur un barrage qui s'effrite, jusqu'au jour où il s'effondrera ...
Elle a des cheveux blancs, tout blancs. La jeunesse a emporté avec elle le châtain chaleureux pour ne laisser que le blanc froid.
Elle est dure.
Elle est dure parce qu'elle a peur. Peur de paraître trop faible, aux yeux des autres. Peur de se faire avoir encore une fois. Peur de la vie.
Après avoir vécu, elle a décidé que la vie était son ennemie.
Alors elle la regarde passer, assise sur son fauteuil. Elle la méprise en fumant une cigarette.
Elle ne la laisse plus renter à la maison, elle n'y a plus sa place.
Et petit à petit, c'est la mort qui prend la place d'amie et de confidente. Elle occupe la chambre bleue depuis quelques années.
Je n'aime pas ses fréquentations. Elles la traînent dans ses mauvais travers.
Et puis moi j'aime bien la vie, elle reste une vieille amie.
Alors parfois quand elle fume dans son fauteuil, on se joint à elle et on la serre de toutes nos forces, la vie et moi.

Lettre

Lettre à un inconnu

Bonjour à toi inconnu,

Aujourd'hui j'ai envie de te dire à quel point je t'aime. Oui je t'aime même si on ne se connaît pas. Aujourd'hui le soleil brille, il fait beau mais pas trop chaud. Les fleurs sont arrivées. Les amoureux se baladent main dans la main. Les amis discutent aux terrasses des cafés. Les gens rient, ils sont heureux. Si j'avais ce talent, j'aimerais peindre tout ça ; ce magnifique printemps, les sourires, le bonheur. Parfois je me lève en me demandant pourquoi. Pourquoi je m'inflige de supporter les moments difficiles ? Ce matin, en savourant mon café, je sais, c'est pour ça, pour l'ivresse de ce bonheur sorti de je ne sais où. Pour cette envie que je ressens de te dire je t'aime à toi, au monde, à la vie. J'avance dans un parc, pieds nus dans l'herbe. Je me sens tellement sereine, j'ai l'impression que la douleur et la souffrance ont été effacés de mon âme. Je sais qu'on ne se connait pas, mais si j'étais à tes côtés en cet instant, je t'offrirais une part de mon bonheur, pour te voir sourire. Je ne veux voir que ça aujourd'hui : des sourires.

13/05/2016

Lettre

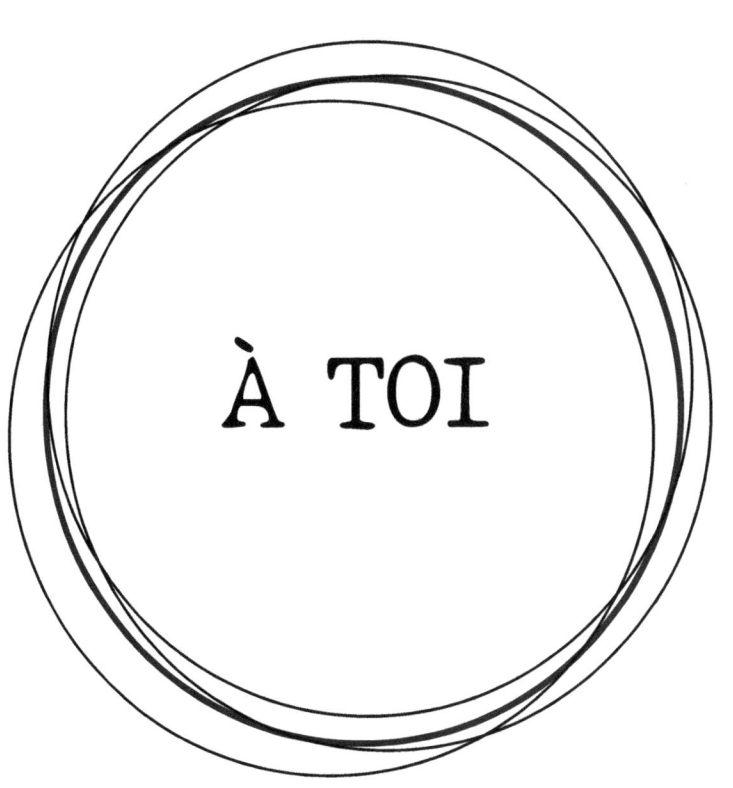

Qui que tu sois,

Je voulais te raconter, à toi qui pleure parfois, sur la vie et ses malheurs. Ouvre les yeux, regarde autour de toi. Regarde la vie, la joie, la magie qui t'entoure.
Je sais ce que tu vas dire : « Regarde les gens, ils sont seuls. »
Regarde. Regarde mieux. Les gens ne sont pas seuls, nous sommes tous là. Nous nous tenons la main et effaçons les souffrances, d'un regard, d'une étreinte, tout s'envole. Oui nous sommes tous ensemble, nous nous apportons du bonheur, des sourires, des fous rire parfois. Nous échangeons savoir et culture. Nous nous mélangeons.
Un sourire dans la rue me rend heureuse. La vue d'un enfant me laisse ébahie. La bienveillance nous entoure. Ouvre les yeux et vois autour de nous, les petites joies.
Le soleil qui se lève au printemps. L'odeur des pains aux chocolat de la boulangerie d'à côté. Les éclairs d'un orage. Le son de cette musique que tu écoutais quand tu étais heureux. Le goût des fruits gorgés de jus en été. La sensation du corps chaud à tes côté ce matin. Les couleurs de la forêt en automne. Les vagues de la mer. La neige un matin d'hiver. Les yeux d'un enfant le matin de noël. La fierté de tes proches quand tu réussis. Les soirées à refaire le monde. Tu l'as laissée où ton envie de changer le monde ? Tu l'as oublié ton désir de vie et de bonheur ?
Relève la tête mon cœur … Regarde …
La vie est belle.

Et si ça ne te suffit pas, n'oublie pas que tu es aimé. Je t'aime. Je t'aime toi et tous les autres. J'aime la vie.

J'ai aimé,
ton sourire, Rare mais magnifique,
ton nez, Avec sa petite imperfection,
tes cheveux, Les toucher, les sentir,
ta petite tache de naissance, Que j'ai souvent embrassée,
tes yeux, Sur le monde, sur la vie, mais surtout sur moi,

J'ai aimé,
tes idées, Bien que souvent éloignées des miennes,
ton savoir, Culture dont il est difficile de se défaire,
tes discussions, Toujours pleines de richesses,
ta conviction, Élitiste face à l'ignorance,
tes rêves, Et aurais tout donné pour les réaliser,
ton monde, Un univers que tu as partagé,

J'ai aimé,
ton rire, Source de mon émerveillement,
tes silences, Plus parlants qu'aucun mot,
ton humour, Seul rempart contre ma douleur,
la colère, Par laquelle tu t'exprimes parfois,
ta pudeur, Celle de tes sentiments,
ta force, Que certains ont pris pour une faiblesse,

J'ai aimé,
les films sur le canapé, les repas entre amis,
J'ai aimé,
le « nous » que l'on formait, la vie que nous avions,
J'ai aimé,
les enfants que l'on a pas eu, celui qui est parti,
J'ai aimé,
prendre soin de toi, vivre à tes côté,
J'ai aimé,
les épreuves que l'on a traversées, Notre appartement gelé,

J'ai aimé

J'ai aimé chaque instant, Le pire comme le meilleur,
J'ai aimé t'aimer, Même quand c'était difficile,

J'aurais aimé,
pouvoir te protéger, Être celle qui fait la différence,

Je t'ai aimé, mon amour, sans conditions.

©2020, Julie Labergère
Édition : BoD – Books on Demand, 12/14 rond-point des Champs-Élysées, 75008 Paris. Impression : BoD - Books on Demand, Norderstedt, Allemagne
Mise en page : Emmanuelle Vermassen
Illustration : FreePik, Emmanuelle Vermassen

ISBN : 978-2-3222235-2-7

Dépôt légal : mai 2020